KB121096

내 맘도
모르고

내 맘도 모르고

초판 1쇄 인쇄일 2014년 01월 23일
초판 1쇄 발행일 2014년 01월 29일

글 김용진
펴낸이 양옥매
디자인 신지현

펴낸곳 도서출판 책과나무
출판등록 제2012-000376
주소 서울특별시 마포구 월드컵북로 44길 37 천지빌딩 3층
대표전화 02.372.1537 **팩스** 02.372.1538
이메일 booknamu2007@naver.com
홈페이지 www.booknamu.com
ISBN 978-89-98528-97-3(03810)

이 도서의 국립중앙도서관 출판시도서목록(CIP)은 서지정보유통지원 시스템 홈페이지(http://seoji.nl.go.kr)와 국가자료공동목록시스템 (http://www.nl.go.kr/kolisnet)에서 이용하실 수 있습니다.
(CIP제어번호 : CIP2014002366)

김용진 시집

| 작가의 말 |

잘 먹고 싶습니다.
때가 되면 친구 집의 김장 맛을 보고
삼겹살을 구워 두루 먹고 싶었으며
식구 중에 한 명도 빠짐없이
모이길 바라는 마음이었습니다.

잘사는 모습을 떠올렸습니다.
개나리꽃잎 필 때 낙엽을 보았으면 했고
예쁜 가방을 두른 모습을 상상했습니다.
용돈이 필요 없어질 거라는 말이 맴돌았고
키우던 개똥쑥이 시들어
얼굴을 일그러트렸습니다.

이야기를 썼습니다.
삶의 일부분이지만
누구에게나 있을 수 있는 일들이고
슬플 때 울었고 기쁠 때 웃었던 이야기입니다.

시집에 애정을 넣습니다.

그중 아내의 몫이 절반이었음을 고백합니다.

2014년 01월

꽃처럼바람처럼, 김용진

| 목차 |

1부

2부

3부

4부

5부

1부

9월의 단풍

여름과 가을 사이
산엘 오르려면 밤나무 밑을 조심해야 한다
단풍은 아직 멀었다며
툭 툭
밤송이 떨어뜨린다

단풍 보려면 차라리 행인(行人)이어야 한다
반바지를 입은, 외투를 걸친,
스카프로 목을 에워싼,
울긋불긋 낙엽처럼 옷 입은 모양이 조화롭다

여름은 장맛비의 끝을 잡고
가을은 설익은 땡감같이 떫어서
나무에 익은 열매가 주렁주렁 매달린 것이
힘 쭉 빠질 때까지 넋 놓아야 한다

가을에 살맛 나려거든

가을은
대하찌개가 제맛이란다
얼큰하게 국물을 내어 무를 써억

통통해 허리가 굵어진 전어가 제맛이란다
숯불에 쫄깃,
구워서 먹는

영양 좋은 송이버섯도 제맛이란다
자식 볼까 숨겨 먹어
더 맛나는

가을엔 높은 하늘 보면 제맛이란다
그런데 힘들게 고개 들어 보지 말고
벌썩,
누워보면 살맛 난단다

가을이

바람에 불려가는 나뭇잎
가지를 잡고 버텨보다가
벌러덩
길 위에 누워 떼쓴다

"더 센 바람 불 테야"

초록 나뭇잎
노랗게 질리고 있다

금오도 기행

먹성 좋아 머위
꽃보다 많고
사람 보고 놀래어 노래미
돌보다 많은
하늘 바로 아래

개새꺄

강원도 홍천에 사시는 아버지는
세 마리의 개를 키운다
셋 중 가장 하얀 녀석을
창고에서 가까운 곳에 자릴 잡게 하였고
닭장 옆엔 밤색 얼룩이 조금 있는 녀석을
덩치 큰 흰둥이는 산에서 내려오는 동물을
경계하는 경비병으로 세웠다
풍산개의 혈통을 이어받아
추운 겨울엔 비닐하우스 안에서
유년을 지내게 했던 아버지
이젠 놈들을 '새꺄' 하고 허물없이 부른다

손주 다섯 살 진우가
분당 율동공원에 나들이를 갔다
호수가 보이는 잔디에서 주인과 끈이 연결된
강아지에게
새꺄

진우도 허물없이 불렀는데
강아지 주위의 사람들은
모두 놀랐다

그녀를 만나면 행운이다

여인을 알지만
말을 나누는 사이는 아니다
단지 운 좋은 날일 뿐
그녀는 나를 알지 못한다

만나면 여인 앞에 선다
모자를 눌러쓴 채 가슴이 보이도록 굽힌
얼굴이야 볼 순 없지만
빨간 목도리가 비밀스러운 신호를 알린다
회기역

여인이 내리면
그 자리의 주인이 된다
그러곤 이촌역까지 그녀의 앉은 자세를 흉내 낸다

그녀를 뜻 모르게 만나면

행운이다

내가 누군가의 약속이길 바라는 마음처럼

그녀를 만나면 행운이다 2

혹시 저를 위한 건가요?

뭘요?

바람,

당신이 시원하게 해줍니다

그럴 리가요?

더워서 부채질을 한 것뿐인걸요

그럼 전 공짜로 바람을 얻었군요

당신 옆에 서 있는 이유만으로

땀이 멈췄습니다

그녀는 내내 말이 없었다

너도 파랑을 보았지

파랑을 보았지

나도 보았어

넌 파랑이 별로라지만

난 좋아

서로 다름,

좋은 게 다를 뿐

내 맘도 모르고

가로등 불빛 아래를 지나는
주둥이만 하얀 고양이를 보았을 때
그 고양이도 나를 보았다
눈이 마주 보는 채로
먹잇감을 찾던 고양이는 잔뜩 웅크렸고
나 역시 미동도 하지 않았다
둘이서 눈싸움을 하는 것처럼 있다가
먼저 마음을 열어 보였다
귀여운 것 이리와 봐
고양이가 잠시 눈을 깜박였다
통했나?
조심히 말을 걸어보았다
나비야 이리와 봐
어떻게 들었는지 고양이는 슬금슬금,
어느새 휙 달아났다

입에 물다 꺼버린 담배가 못내 아쉬워졌다
살면서 이런 일이 한두 번이 아니었잖냐며
지난 일들이 벤치에 축 늘어졌다

덤

퇴근길에 휴대폰에서 소리가 났다
올 때 피존 사와
옳거니,
……

피존을 사면서 막걸리를 담은 비닐봉투를
아내가 볼 수 있게 슬그머니 내려놓았다
또 술이야
피존을 샀더니
덤으로 막걸리를 주더라고

기가 찬 듯이
술 마시는 걸 허락한 웃음

즐거우면
오늘이 덤이다

변便을 누다

친구를 쫓아 화장실에 갔다가
그놈 버리려 나만 남아
쪼그리고 앉은 다리에
쥐를 얻었다

무슨 일이든 얻는 게 있으면
잃는 것도 있다
틀림없다

무게의 중심이 기울다

부끄러운 일 많다
앉아서 졸다가 화들짝 깨어 보면
옆 사람의 어깨로
내 머리가 친한 척 기대어 있다

미안하기도 하다
밀어내어도 자꾸만 가까워지니
우리 집 감나무 열매가 옆집 마당으로
떨어지는 심정이었을 게다
그 여인은

자책하다가 오늘을 돌이켜보니
낯모르는 사람에게 기울어진 방향이
꼭 오른쪽이란 걸 알았다
무의식중에 우파(右派)
똑같은 힘을 주어 균형을 잡아야 하지만
기우뚱

그렇게 보며 살아가는 것은 아닌지
가을비일까
겨울비일까 분간하기 어려운 때처럼
의심스러운

두 개의 하늘

–준호의 백일

엄만 욕심쟁이
조건 없는 사랑을 쉼 없이
잘룩잘룩 쉽게 내어주기 때문입니다

아빠 거짓말쟁이
알면서 모른 척 사랑을 속 보이지 않다가도
훌쩍 커버린 모습을 눈가에서
지워놓지 않기 때문입니다

욕심쟁이와 거짓말쟁이 사이에서
아이는 사랑을 거름 삼아
큰 나무가 되고
가지마다 맘껏 흩날리도록 꽃을 피워
열매도 부지런히 만들 것입니다

사랑의 표현은 서툴지만 진심으로 말할 때
더 아름답다는 것을

100일 동안의 기억이

더없는 믿음을 주었을 테니까요

그것은 낯선 세상을 살아갈 준호의

오늘 이야기입니다

봄비가 그랬다

겨울이 길었나

꽃나무가 불꽃놀이를 못 한다
푸욱, 점점 길어지는 한숨
서리 내린 날 소여물 내놓듯
모락모락
하늘 오르는 줄을 타고 먹구름

거북이의 갈라진 등딱지처럼
살을 베이는 아픔조차 느끼지 못한다면
사라지리라
한사코 한숨을 던져버린 영혼들

다행히
밤새 빗줄기가 마른 땅을 저공 비행했다
소멸되는 구름
숭숭 뚫린 연탄구멍

내린 비가 솟아날 곳을 만들었다
고통받는 생명에겐
더할 나위 없이 반가운

봄비는 그랬다

사랑꽃

비녀 꽂은 삿갓머리
밤새 고개마저 숙였다
별을 봐야 알지
별을 봐야만 사랑을 알지

제법 해처럼 둥근 달
환한데
별을 봐야 하지
별을 봐야만 꽃피우지

유유상종類類相從

맥주잔에 소주가 섞였다

두꺼운 종을 치고
옷을 벗어 드러낸 가슴,
구멍을 보인다
선명한 상흔(傷痕)
짙은 바다에서
유물을 건져내는 광경을 보는 웅성거림

내 구멍이 크다
내 구멍이 더 크다
용기 내어 말하는 이는 없었다

옹이

옹이 많은 나무
늘어놓는 사연도 많아
참전용사처럼 아팠던 기억 쑥, 내밀어
허리춤에
다리춤에 박혔던 아픔
여기 봐라 하지만
사람의 옹이는 나무와 달라서
오지 않을 여인을 기다리다가
콩밥의 콩을 쏙쏙 골라 먹는 친구 앞에서
파헤쳐지는 상처다

상처는 가슴으로 품으면 비너스가 되고
정수리에서 아물면 부처가 되지만
나무와 사람 다르듯
사람마다 달라서
옹이를 보고 예쁘다
애처롭다

밉다

누가 말할 수 있을까

어렵지 않게 국경을 넘다

햇살의 울렁임을 보이는 한강이 경계에 있었다
차를 몰고 출발한 지 20여 분 만이다
북(北)에서 남(南)으로 영동대교를 막힘없이 건넌다
눈앞에 도로가 넓다는 것,
가로수의 나뭇잎이 윤기가 있다는 것,
그에 비해 길을 걷는 이는 적고
폐지를 줍는 할머니, 할아버지도 볼 수 없으며
정작 고급스러운 물건이 쇼윈도에
정갈하게 진열되어 있다는 것,
차에서 내려 음식값, 주유비, 학원비 등
무엇 하나 물으면 터무니없는데
질서 정연한 삶의 모습이라는 것,
내가 사는 곳과 다르게
람보르기니 고양이와 벤츠 강아지가
동물 호텔과 병원에서 휴식을 취하고
성형 수술을 받고 있다고 귀띔을 듣는 사이에
어렵지 않게 국경을 넘었구나 하고

쉬이 감탄하였다

입춘立春 폭설

한밤중
눈이 하얗게 내린다
노랗거나 파랗거나
혹은 오렌지 빛깔로 내릴 수도 있으련만 하얗게
바닐라 아이스크림보다 하얗게
생크림보다 하얗게

불편해질 출근길을 걱정하고
장사가 안될 거라 울상 짓고
미끄러져 다쳤던 날을 회상하는 이들의
원망을 눈치채서인지
밖을 나서다 집으로 돌아와선
무엇 때문에 왔는지 잊은 건망증 환자처럼
뒤돌아서면 곧 잊으라고
나빴던 일
공중화장실에라도 두고 오라며
눈은 마냥 하얗다

지금, 은행나무 교차로엔 정체가 심하다

가을과 겨울이 만나는 곳
은행나무 교차로
떠나려는 애인을 놓아주지 못해
퍼런 입술을 내민 자
과거를 씻고 나뭇잎 모두 털어버린 자
향수에 젖어 노오란 자들이 줄지어서

가을을 두고두고 아쉬워하거나
플랫폼에 서성이며 귀인을 초조하게 기다리듯
겨울을 재촉하기도 하여
가지도 오지도 못한 길
뒤범벅이 되었다

가을비 내린 뒤
은행나무 교차로엔 정체가 심하다

첫눈 내리는 이유만으로

기다렸을까요
종소리 퍼지듯
지극히 낮은음으로

기다려줄까요
더딘 걸음
소식 전해줄 사람을

만나면 반갑게
만나지 못해도 반갑게
첫눈 내리는 이유만으로

지금,
함박눈

추석秋夕

정겹게 인사를 나누고
막걸리 잔을 받아 들었더니
물김치와 녹두전이 놓였다
이후로 몇 번 막걸리 잔이 오가는 동안
말보다도 웃음이 낣아졌고
동태전, 호박전, 해물전
껍질 깎인 과일들
갈비찜, 잡채, 송편, 도라지나물, 한과 등이
차례로 상 위에 올랐다

배부른데 정성을 내놓은 것 같아 거절하지 못했다
마침 지붕 위에 달이 둥글었는데
내 배가 달보다 더 둥그렇게 올랐다

행복전도사

웃어야 복이 온대요

좋으면 웃겠지만

힘들어서 괴로워도

마음 아파할 때도

웃어보래요

박수 치며 웃어보래요

억지로 따라 하니 쓴웃음 나던데

그래야 행복해진다고

크게 웃어보래요

박수 쳐보래요

행복은 어색하게 다가오나 봐요

얄궂게 오나 봐요

눈사람

발자국은 갈려 있다
위에서 구불구불 내려오는 길
돌아서 좁아져 오는 길
밤중, 푹 쌓인 눈을 밟고
어찌나 반갑게 만났던지
눈사람 두 개가
나란히 녹아내린다
먼빛,
아주 찬찬히
얘길 나누고 있다

화살

뾰족하고 단단한 놈
바람을 뚫고도 과녁을 향하지

고놈
때론 가슴을 겨누기도 하여
평생 동안 쉰 소리를 만들기도 하고
갚지 못할 빚을 지기도 해

쇳불로 달궈서
적에게 쏜다면 제 할 일 다 한 건데
누구 탓인지
애꿎은 버들잎 몽땅 털어놔 원망을 들어

그런데 이상하지
화살에 뿌리가 자라면
화살나무가 되는데
가을 아침

새벽이슬이 마르기 전에 보면
첫날밤 보내는 새색시 같으니

가불假拂도 없나

남대문시장엔 실버쇼핑센터가 있다
할머니들에게 어울릴 옷들이 많아
입소문을 듣고 찾는 곳
특히 어버이날과 명절 이웃한 날엔
장사가 잘되어 물으면
자식에게 용돈을 받아서 그렇다는데
요즘은 추석(秋夕)을 앞두고도 손님이 없다

자식이 주는 용돈은 가불(假拂)도 없나

2부

그날 이후

언제나 너의 빈터로 남아 있겠다고 말한 날은
가을은 아니었어
산마루엔 흰 눈이 처렁처렁하게
소나무 열매 되었지
추위를 많이 타는 탓에 용기보다는
인내가 필요했어
나의 말을 들어주지 않았다면 들고양이가 되었을까
빈터로 남아준 것은 내가 아닌 너였으니
웃었지, 그날 이후 난 웃고 있었어
사랑하는 사람이 나를 사랑해줄 때 가장 행복함을
거울 속의 나는 말하고 있어

기차 안에서 꺼낸 일기

창밖에 스치는 넓고 노란 풍경이
순간 어두워집니다
덜컥덜컥 요란한 시위
고양이의 착지처럼 열린 창문을 닫습니다
그리고 여인을 바라봅니다
내 어깨에 기대어 잠든 얼굴
평화……
다행히 평화로운 행복은 깨지질 않았습니다
여인에게 향한 시선이 다시 창밖으로 갑니다
이대로 시간이 멈췄으면 하는 기도가 쏟아집니다
터널의 끝에서 모래알 같은 햇살이 쏟아집니다

김장을 하다

서리 내리는 시골집,
아버지가 절절 끓게 한 방바닥에서
모처럼 함께 모인 가족들이 수다를 떤다
버무리고,
오므리고,
배추절임 속을 채우다가
아차, 늦가을도 넣었다
무슨 맛일까?
더는 기다리지 못하고 노란 배추속대로
양념을 싸 먹는다
김장을 하다 입 주위가 빨갛다

너도 좀 잘하지

친구가 외고에 합격했다고
자기 일처럼 좋아하는 아들

너도 좀 잘하지……
속마음

내가 무얼 가르치려는 건지

닭, 먹고 싶다

아,
닭 먹고 싶다
아버지를 귀찮게 하는 말이다

멀뚱하게 눈을 뜬 놈
멱을 잡아
벌거숭이로 만들어야 한다

어머니가 딸들과
아,
닭 먹고 싶어 하면
아버지를 가장 귀찮게 구는 말이 된다

힘들게 두어 마리를 잡은들
턱없이 모자랄 테니까

무거운 고정固定

버스를 기다리는 동안
등교를 서두르는 아들이
왼쪽에서 오른쪽 눈으로 비행(飛行)한다
돌멩이가 가득 담긴 가방이
암컷의 등에 매달린 수컷 두꺼비같이
찰싹 붙어 있다

무거운 고정(固定)은 고개를 돌리게 한다

오른쪽 눈에서 벗어날 무렵
처음으로 돌아와
왼쪽 눈으로 보이는 곳에서 숨바꼭질이다

묵은지 사랑

화이트데이
아내에게 사탕 선물을 하며
신혼 때는 달콤한 사랑
오늘은 누룽지 사랑을 건넨다 했더니
우리가 좀 더 살면 묵은지 사랑이 될 거란다
묵은지,
그 맛이 어떨까 기대했다가
눌은밥을 먹고 싶은 날이 된다

사랑하다가

눈을 마주 보는 사람에게 해서는 안 될 말
미안합니다
두 번 다시는 해선 안 될 말
미안합니다
절대로 반복하지 않아야 하는 말
미안합니다
미안하다는 말을 쌓아놓을수록
거짓말쟁이가 되고 당신은 지쳐갑니다

상처를 위로받지 못한 오늘마저도
당신에게,
미안합니다

분주한 아침

아침 일찍 여행을 떠나는
발걸음이 분주합니다
요즘 집을 벗어나는 일이 가끔씩 생깁니다
집을 비우는 일이 많아질수록 커져가나 봅니다
잠시라도 떨어지면 칭얼칭얼
불안한 눈빛을 보내던 아이가
아빠 없이도 엄마 없이도
즐거운 일이 있다며
조금씩 멀어져갑니다

아빠와 엄마에게서 떨어질수록
커지고 커져서
어느 날
아빠보다도 엄마보다도
더 큰 등을 볼 수 있겠죠
그러다가 내가 아이의 등에 업힐 때면
푸욱, 긴장했던 마음을 내려놓을지 모릅니다

흐뭇하다고 웃을 수 있겠죠
그렇더라도
그렇더라도

설마 했던 마음까지도 버릴 수 있을지요
나는 작아지고 아이는 커지겠지만
집 마당을 쓸고 있을 일도 잦아질 것입니다

선녀와 나무꾼

나만 남고
두 아들과 아내가 친정엘 갔다
아내에게 친정은 천상(天上)
그래서 난 나무꾼,
아내는 선녀다

자식이 둘보다 많았으면
나만 남진 않았으려나
나무꾼은 선녀가 벗어놓은 옷을
숨겨놓는 것만으론 한없이 부족하다

아내에게 주는 선물은

내일이 생일(生日)
일 년에 단 한 번 선물을 준비한다
무얼 사줄까?
현금! 많이 줘야 하고
목걸이! 적잖게 비쌀 테고
가방! 명품은 사줄 수 없으니 좋지 않고

고민(苦悶)이 달팽이관을 따라가다가
선물은 아내에게 꼭 필요한 물건이 아니라
주머니 속사정이란 걸 안다
마음이 가득 담겨야 최고의 선물이 되지만
그런 선물을 고르는 일은 해가 갈수록 요원하다

아내의 변變

흰머리 하나 뽑아낸다
다음엔 두 개, 세 개, 네 개
늘어난다
삶은 버림인가
자라난 손톱을 버리고 썩은 이를 버리고
모자라
기생충처럼 붙은 혹을 떼어낸다

삶은 내려놓음인가
자궁을 도려내어
가로등 불빛 꺼지듯 길어진 줄 싹둑
함께 묶인 시름마저 놓는다

우리 사는 날 많아서
언젠가 인연마저 끊자고 하면
그날
난 네게 무얼 주었다 말할까

아버지의 칠순七旬

햇살이 눈처럼 녹아내립니다
구름이 하얀 포자(胞子) 되어 떨어집니다
그렇게 당신의 사랑이 가슴에 한 움큼씩 쌓여서
메마른 땅에 씨앗을 뿌렸고 그 씨앗은 자라서
우리들 가족의 울타리가 되었습니다

불평했지만 불만은 갖지 않았고
눈물은 없었지만 무거워진 고개를 떨어뜨렸던 날과
우렁차게 박수 치며
남보다도 더 크게 웃음 짓던 날도 있었습니다
그러나 한마디의 말도 내뱉지 않았던 당신은
언제나 머물던 자리를 떠나지 않으셨습니다

술에 취해 아버지를 부르던 나에게
거구처럼 쌓인 눈을 걷던 나에게
당신은 말합니다
사랑한다고

아빠가 좋아서

아들 둘이 초등학생 때 물었다
엄마가 좋아
아빠가 좋아
녀석들은 두꺼비 입 모양으로
똑같다고 말한다

중학생이 되어 물었다
엄마가 좋아
아빠가 더 좋아
망설임 없이 아빠가 더 좋단다
난 밥을 먹다 말고
좋아서 웃고
아내와 아들들은 웃는 나를 보며 웃는다

엄마가 차려준 밥상 앞에서

하루에 세 번
밥 한 공기씩을 먹어야 산다지만
자식에겐 부족하고 부모는 늘 남는다
먹은 밥이 쌓일수록
부모는 자식의 손을 잡으려 하고
자식은 잡았던 손을 놓으려 하기 때문이다
그렇지만 자식도 부모가 되면 식사 때마다
밥이 한 숟가락씩 남는다
남겨진 밥은 자식에게 가기 마련이지만
우연히 창밖에 얼굴이 비치는 날이면
뿌연 안개가 필 것처럼
행처가 묘연해지기도 한다

어버이날에

졸업식 날에 스테이크를 먹었고
생일엔 피자를
나들이를 나가면 스파게티,
기념이 되는 날이면 파스타,
치킨은 종종 먹었다

아이들은 스테이크를 좋아하고
피자를 좋아하고
스파게티를 좋아하며
파스타를 좋아하고
치킨을 좋아하여 함께 먹지만
엄마는 늘 먹는 시늉만 내신다

일 년에 한 번,
아이들이 좋아하는 음식 대신 짜장면을 먹는데
나 어릴 적에
좋은 일이 있을 때만 짜장면을 사주셨던 엄마도
맛나게 드신다

엄마다

들리지?
네 이름이 딸기, 내가 엄마다
배 속에서 열 달 동안
잘 자라주었다

보이지?
여린 코스모스 꽃잎 한들
연분홍 위에
호랑나비 사뿐히 앉았다

오뚝한 코와 입
머리숱이 많고
이마가 넓은 것이 닮은
네 이름은 딸기
난 너와 세상에서 가장 가까이에 있을
엄마다

주례사

부자인 사람
허허

행복한 사람
허허허

당신의 오늘

끈이 풀어져 떠오르는 풍선처럼
둥실 둥실

바라보는 우리의 마음
뭉게구름

이혼

–그 후

"잘 지내고 계시죠?"

그럼, 잘 지내고 있단다
너처럼 기분 좋은 일 있었고
생각하기 싫은 일 있었고
답답하면 이불 속에 얼굴을 묻기도 했단다

잘 지내고 있단다
그러나 못 본 사이에 배가 조금 나왔다
열 살이 되었을 네가
이해할 수 있을지는 모르겠지만
나이 들면 배에 나이가 찬단다

잘 지내고 있단다
똥배 나온 모습 그리다가
웃음 나면 웃어보아라
울다가도 웃어보아라
그럼, 잘 지내고 있단다

키보다 발이 먼저 자란 아들에게

발이 커서
넘어지진 않을 거야
땅 닿는 면적이 넓으니

그러나 방심하진 마라
오른발
왼발에 밟힐 수 있단다

수술실 앞에서

수술실로 들어가는 아내에게
손을 흔든다
앞으론 아프지 말고 건강히 살자
돈 없어도 웃자
아껴주지 못해 미안하다
아내는 누워
똑같이 손을 흔들어 주었지만
곧바로 뒤돌고 말았다
약속을 받아준 아내가 야속하다

억지로 기다리는 시간은 길다
이러지도 저러지도 못하는 기다림
작두날 위에 있다

할머니가 쪄준 옥수수

식사를 하는 동안 식탁에 찐 옥수수가 놓여 있었다
휴일임에도 출근한 아내를 두고
아들 둘만을 데리고 간 자리
만나서 반갑지만 손녀를 보지 못한 아쉬움이
손녀는 찐 옥수수를 무척 좋아했다고
된장과 고추장이 섞인 입 모양으로 나타났다
현관문을 들어섰을 때 할머니가
잠시 머뭇거린 행동을 떠올렸다
내가 아이들과 방문한다고 들었을 때
자신의 손녀가 당연히 함께 오는 줄 아셨으리라
식사를 마친 뒤 얼마 후 가봐야겠다는 말이
허공에 떠 있을 무렵
식탁 위에 두고도 먹지 못했던 옥수수가
가방에 옮겨졌고
동쪽 태양이 달의 모습이 된 뒤에야 귀가한 아내가

허기진 사람처럼 옥수수를 깨물었지만
배를 금방 부르게 하는 신통한 효력 덕분인지
다음 날에도 그다음 저녁이 지난 지금도
옥수수가 남았다

행복

부족함이 없고
주는 것 없이 받는 사랑만 있다면
하늘은 바다와 자리를 바꾸자고 하여
바다는 하늘
하늘은 바다가 된다
그러나 당신과 함께 서 있는 대지(大地) 위에
하늘과 바다가 바뀐다 해서 변할 것이 있을까
함께 있는 이유만으로도 행복일 텐데

3부

남자는 여자의 나이를 알고 싶지 않을 때도 있다

행상의 점원으로 일하는 그녀를 처음 만난 날은 7년 전

군살이라곤 전혀 없을 법한 깡마른 몸매에

빨간색의 립스틱을 바른 얼굴이

창백한 혈색 때문에 더 눈에 띄었다

이름 대신에 은지 엄마라 불리고

많이 먹지도 많이 웃지도 않는다는 것을

알게 된 사이가 되었다

처음 보았을 때 그녀는 웃을 때 보이는

이 하나가 빠져 있었지만

휘파람 소리가 나오지 못할 것같이

여전히 진행형이다

남자는 여자를 만나면 묻고 싶은 말이 많아지지만

때로는 나이를 묻고 싶지 않을 때도 있다

그대도 나와 같을까

도톰한 기모 바지
겹겹이 입은 상의(上衣)
양파 껍질을 도마 위에 벗겨놓듯
얇아진 옷을 입고 나섰다

계절은 우수(雨水)
목련 꽃망울에 흰 턱수염이 자라
쌓였던 눈
똑,
얼음이 방귀 트는 소리

추워서
아직은 추운데
이른 행동을 후회하지만
속내를 드러내지 못한 채
활짝 핀 어깨에 힘을 주며 걷는다
그대, 나와 같을까

대한민국은 민주주의 국가입니다

잔뜩 긴장하며 듣고 있었다
"대한민국의 주인은 누구입니까?"
귀화 여부를 가리는 질문이었지만
이산울라는 대답할 수 없었다
애국가, 국민헌장, 역대 대통령의 이름, 고대에서
현대의 역사 등을 암기하고 갔지만
첫 번째 질문부터 암초를 만났다
"대한민국은 사회주의 국가입니까?
민주주의 국가입니까?"
이번에는 울라가 힘주어 대답했다
"민주주의 국가입니다"
만약 이 질문까지 정답을 말하지 못했다면
 시험을 통과하지 못했을 것이다
얼마 전 파키스탄이 고향인 울라가
대한민국 국민이 되었다는 통지를 받았다

똥통에 빠진 고무신

어릴 적, 새것을 얻고 싶어
똥통에 고무신을 빠트리고는
엄마에게 하소연을 한다
그러고는 잔뜩 기대했다가
엄마의 손에 반쯤 노란 헌 고무신이
세수를 하고 들려 나온 걸 본다
수책이 물거품이 됐다

그 일, 아이는 아빠가 되었는데도
잊히지 않는다

어느 날, 물건을 잃어버렸다고 하면
아이는 후미진 곳에서
간절한 기도를 할 거다

자갈치시장에선

빨간 양념을 입힌 꼼장어
연탄불에 지긋하게 구워
고추와 마늘을
상추에 싸 쏘옥, 한 입
그리고 한 입
아쉬워하며 또 한 입
그래도 채우지 못한 배는
밥을 볶아 먹고 달랜다

장사를 시작한 새댁이 할머니가 되었고
손님들도 자신을 대신하여
자식들이 오는 일 외에는 달라진 게 없지만
노란 전구를 밝은 LED로 교체할 거라는 소문으로
노점상연합회에 가입되고 있음을 알리는 증서가
표창장을 걸어두는 자리에 있다

외로움은 높은 데 있다

외로움은 높은 데 있다
아니, 낮은 곳에 뿌리를 두고 있다
물안개 피어오를 때
물길 속에 흐르는 잔잔함이 있다
외로워
울지 말자
외롭다
들썩이지 말자
바라보는 애틋한 사랑
보이지 않게 곁에 있다

높은 곳에서의 외로움
낮은 곳에 뿌리가 있다

모기와 할머니의 공생共生 원리

할매
할매
모기가 할머니를 부르는 소리
하루에 두어 마리씩 있다

나 줘
나 줘요
가을이 지나면 목숨 끊길 거야
애원하듯
투정하듯 하고
부부 된 모기는
서로가 당신이 먼저
위잉
위이잉
노랠 곧잘 부른다

할머닌 손님이 반가워
뜨거운 삶은 계란으로
정을 나누지만
오랜 세월 지켜온 규칙이 있으니
소리 없이 달려들면
매서운 사다귀를 각오해야 한다

무리의 합리적 사고思考

또 비……

예보가 있어

예약한 펜션을 급하게 취소하고

펜션이 아닌 식당에 모여

술을 나눴다

그러곤 에어컨 바람을

계곡에서 부는 바람이라 했고

수돗물을 틀어 계곡 물이라 말했다

그러는 동안 정말 비가 내렸다

찔끔, 두어 방울 내린 비

건배의 잔을 들었다

취소하길 잘했어

취하길 잘했어

섬

장독대에 빨래를 널면서
골목길을 사이에 둔 엄마들 병아리 같고
슈퍼 앞에 놓인 의자가 할아버지들의 경로당,
담장을 넘은 감나무는 동네 녀석들의 간식거리다
부재 중이어도 배달 나온 집배원은
걱정이 없는 사람들이 꽃이고
꽃들은 옹기종기 모여 사는 동네
내몽고에서 불어온 황사와 함께 포클레인이
아무개네 앞마당을 차지하기 전까지는

떠난 자와 남은 자들 사이에 바닷물이 들어와
육지는 사라지고 남은
섬,
꽂힌 흰 깃발에 바람 한 점 없다

부천으로 가는 기차

혼자 사시는 할머닌,
집 밖을 나서는 일 없어서
창밖의 세상은 네모였어

할머니를 종종 만났더니
나이 많아 친구는 만나기 싫다지만
대문 열리는 소리에 불부터 밝히는
꽃봉오리를 맴도는 나비 같았어

그해 여름이 끝나는 즈음
평소 텅 빈 방에
사위가 북극곰이 포식을 취한 듯
대낮까지 잠들어 있었지만
곱게 꽃무늬 옷 입고 딸네 집에 가신다고
다음에 보자고 하셨는데

수유리에 늘 혼자 살면서도
자신의 집은 딸이 살고 있는 부천이라며
수유리를 출발해 부천까지 간다는 기차를
오늘도 기다리고 있으셨어

봄날의 풍경

지난겨울 추위에 껴입은 옷들을
하나 둘 벗어 던지듯
툭, 툭툭
목련이 껍질을 벗겨내느라 분주한 봄
억지로 주인을 따라나선 강아지의 꼬리처럼
별들은 긴 혀를 내밀며 하늘의 중앙에 서서
온종일 자리를 내놓지 않으려 하지만
차갑게 겨울을 땅에 묻혔던 꽃들은
툭, 툭툭
강냉이가 팝콘이 되는 모양으로 축제의 춤을 춘다
산 정상에 오르는 길에서
밤잠을 설친 긴 머리의 버드나무 강가에서
담장을 이룬 개나리들 사이에서
사람들마저 꽃을 따라 춤추고
심지어는 흰밥 위에 꽃들을 수북이 쌓아놓고
고추장과 함께 비벼 먹으려는 식탁 위에서도
노래의 장단에 맞춘다

봄이 오면 꽃들은

찾아오는 사람들의 발걸음에 넋을 잃고

사람들은 꽃 내음에 취한다

오늘이 지나면

다시는 만날 수 없을 것이라 믿는 꽃과 사람들은

봄이면 한패다

실외기室外機

어린 새 한 마리 펄썩
엄마 찾아 날더니 바람은 멈추고
네온사인이 집 구멍으로 몸을 숨기는 게처럼
발을 달았다
비가 아무렇게나 폭죽을 터트리며
토악질을 할 무렵
창문이 터억,
등 뒤의 세상과 단절(斷絶)된다

숨을 내쉬어보지만 뒷모습은 볼 수 없는
옥죄듯 마취를 조금씩 풀고 있는 것만큼 잔인한
깊은 호수에 돌을 던져서 느껴지는 파동조차
허용되지 않는 외로움이
콩만큼 작은 틈으로 닫힌 창 안의 수다가
빗줄기와 뒹굴어
얼굴을 맞대어서 나는 소리
잘잘잘 속 깊은 소리

투정하듯 톡톡 세는 소리들이

괭이질한다

아빠들

노점에서 옷을 팔며 겨우 밥 먹고 산다는
아저씨의 소원은
지붕이 있는 곳에서 장사하고 싶다는 거

탄광에서 자식새끼, 시집 장가 보낼 때까지
일했다는 광부는
평소 햇빛 보면서 일하고 싶었다는 거

정년의 나이는 멀었지만 높은 자리에 오른 김 부장
마음 한편으로 공무원이 최고라고 말한다는 거

모두들 불만은 있지만
"후유" 하고 긴 숨을 내쉬었다는 거

울고 있는 당신에게

꽃을 보는 마음 하나가 아니어서
당신 울면 우는꽃
웃으면 웃는꽃 봅니다

웃는꽃 예쁜 건
지켜보는 마음 많아
못 본 듯 곁눈질하고
스쳐 지났어도 다시 발걸음 돌리는
벌과 나비들
그뿐이 아니어서

겨울에 만나
언덕 위에 흰 눈
배꽃처럼 피었으면 합니다

이웃집 우체통

저것 좀 보게

꾸역꾸역 먹다가

입을 다물지도 못하고 있네

식성 좋은 녀석

뭔가 달라도 달라

언제 굶어본 일 있었겠나

뭐라고

주인네가 없다니

밤새 줄행랑치고

녀석은 데려가질 않아서

몇 달째 혼자라니

가까이서 봐야겠네

꾸역꾸역, 뭘 먹고 있었는지 봐야겠네

어이구……

도저히 삼킬 수 없는

**신용금고,

**캐피탈,

**카드,

**세무서,

**은행,

체납된 금액이 또렷하게 새겨진

목덜미의 문신

그걸 어디 먹을 수 있겠나

입에서 빼주어야겠네

몹쓸 음식들

차라리 속 비워두는 게 낫지 않겠나

녀석도 그러는 게 낫다 하지 않겠나

자살방조죄自殺幇助罪

시너 세 통을 구입했다
한 통은 아들이 가졌고
다른 한 통은 엄마에게
나머지 한 통은
함께 밥을 먹던 거실의 한가운데 놓였다
정신장애로 살아온 23세 아들과
그를 지켜온 엄마가
빚단련을 지우려 장고에 채(杖)를 치듯
배를 떠나보내려 했다

펑펑,
불꽃은 언제나 두 번 이상 튀진 않는다
꿋꿋이 세운 장대 위에 불붙지 않은 시너 통에서
비장한 마이크 소리가 난다
책임을 다하지 못한 죄

눈물이 마를 때 헤어짐을 말한다
징역 4년, 판결문이 엄마의 눈앞에 놓였으나
눈물은 말랐다

장맛비

느닷없이 비가 또 내렸다
세차게, 굵게
그 사이에 어떤 이는 "운치 죽인다"며
찻잔을 들었고
어떤 이는 "죽어라 죽어라 하고 비 내린다"며
흙먼지 일지 않을 땅을 쳤다

하나님만 내릴 줄 알고 있던 비가
급하지만 노련하게
열어둔 창문을 넘어
뺨을 때린다

장맛비 내리던 밤
운치 있어 좋다고 하던 내 말
웅덩이에 고였다

할아버지, 아기 품고

할아버지
훈장을 달았다

품에 안긴 아기
흔들바위
할아버지 얼굴
노을빛

기도

수능시험일
코가 빨갛도록
모은 두 손 내려놓지 못해
대신하여 줄 수 없으니

떨지 마라
아들에게
딸에게

그들도 떨리면서

4부

게를 잡고서

손바닥 위에
손마디 길이의 게를 잡아 올려놓았다
사진만 찍고 놓아줄게

내 말을 알아들 리 없다
거품을 토하고
눈을 감추고
잔뜩 움츠려 있다가 옆걸음질이다

웃으며 놓아주었는데
하나님 손바닥 위에 내가 놓인다

눈물이 약(藥)인가

속이 쓰려서 약을 먹었다
내일이면 나아질 테니까

눈이 아파, 약을 넣고
허리가 아파, 약을 먹고
기다린다
괜찮아질 테니까

암 수술 이후, 10년이 넘도록
하루 하나씩의 알약을 먹으며 살지만
괜찮다
앞으로도 그렇게만 한다면
오랫동안 살 수 있을 테니까
하지만 모든 걸 포용할 수 없는 마음
잔뜩 웅크린 고슴도치처럼
아프다
흘리는 눈물이 약(藥)인가

기다림

겨울은 지났지만 봄이 오지 않은 계절
성질 급하게 꽃망울을 빠끔 내놓은 나무는
당황스러움이 역력하다
시퍼렇게 질린 얼굴이 멀리서 보면 파란 게
새순이라도 터트린 듯하지만
가까이서 보면 뿌리째 떨고 있는 모습이다
붉은 태양이 아직은 차가웠던 바람을
데워놓지 못한 까닭이다
기다려야 한다
기다려야 한다
조금 더 기다릴 줄 알아야 한다
교만함은 섣부른 행동을 하게 하고
허기짐을 참지 못함은
영원토록 배부름을 맛보지 못하게 한다
집 밖에 나가 한참을 놀다가도

엄마의 부르는 소리가 없다면
돌아간들 허탕이다
텅 빈 밥솥이 바짝 우롱하고 있을 뿐

누구라도 상처傷處있는 것처럼

얼룩이 졌다
하얀 테두리
파동을 겪은 뒤, 스르르 번져 있는

얼룩진 바지를 입고 나왔다
햇살이 눈부셔 갈색 머리카락 속에
숨은 점까지도 보일 것 같은
창피함이 발걸음을 머뭇거리게 한다

뒤돌아가야 해
뒤돌아서 처음부터
망설임은 재촉하는 시간 앞에선 무력하다
차라리 마음을 고쳐먹는 게 빠르다

어제 고되게 흘린 땀,

지우지 못한 자취,

내 거야

모두 내 거야

결국 부끄럽지 않게

파동을 겪은 뒤, 스르르 번져 있는

당신만은 알지요

우린 알아요
어제는 지난 일, 후회하기엔
이미 늦었다는 것을요

이젠 알아요
슬픔도 괴로움도
사랑할 수 있어요
별하늘을 보았던 날과 꿈들을
함께 풀어놓으면
풍성해질 거예요

잘했다거나 못했다고
가릴 필요가 있나요
내일도 희망만을 주진 않겠죠
우리가 겪어온 날처럼요
지금 만나,
행복만을 말해요

당신은 알지요

소중한 오늘을

바보가 된다

보증금 반환을 요구하니 줄 돈이 없단다
받은 사람은 있는데 내줄 이가 없으니
바보가 된다

편의를 봐주면 나중에 갚는다 했지만
연락조차 안 되고
주문한 것이 늦어져 팔아야 할 상품을
창고에 쌓아두기만 한다
바보가 된다

사고를 당했건만 사고를 낸 것이 된 경우처럼
손해 보고 억울하다 싶으면 바보가 되는데
교통카드를 단말기에 찍는 일을 잊어
버스를 갈아타고 환승요금을 더 물어낸
오늘도 그렇다

밤하늘

누워서 본 하늘
경계 없는 밭
발아하는 씨를 보았다
하나,
둘,
저 멀리에 셋

살아남은 게 너무 적다
아니다
뿌려놓은 게 적었다

서울로 가는 길

에구

에구구

에구구구

누구나 삶이 길어질수록 깊어진 심장에서 나오는

소리도 길다

강물이 잔잔한 아침

호기심 많은 비둘기 내 눈을 빤히 쳐다보더니

에구구구

에구구구

적당한 거리

연인과의 거리는 46센티
출근길 지하철을 탄 사람과의 거리는 47센티
서로 모르는 사이일지라도
조금 더 가까워지면
모두가 연인이 되지만
옆사람의 발을 밟고
앞사람의 등을 밀고
소리를 지르기도 하여
1센티의 거리를 둔다
소중한 인연은 한 명뿐이라며
약속을 지키려는 몸부림처럼
사람과 사람 사이의 거리는 언제나 47센티

약속

눈이 보이지 않아
오직 그대만이 보여서
귀가 들리지 않아
그대의 나지막한 목소리만 들려서
손을 놓지 않고 선 벼랑의 끝
사랑한다 말합니다

그러나 혼자 낯선 길을 걸으며
유월에 핀 장미와 태양 아래
달맞이꽃을 볼 수 있다 하여
사랑했었다는 말은 마세요

사랑은 오늘이 아니라
함께 웃던 어제 내일을 위해
미리 준비해둔 말이 아니라
물을 주며 키어왔던 화초입니다

사랑했었다는 말은 마세요

사랑은 눈물을 남겨두지 않으니까요

우리에게 필요한 말

사랑합니다

아주 가까워졌어요

모르는 사이였어요
별과 별 사이가 떨어진 것같이
태어난 곳이 다르고
모습도 달랐어요

왜냐고 묻진 않기로 해요
우연히 만났고
어느 날부터는 헤어지기 싫어
손가락에 동그란 문신을 새겼어요
문신은 헐겁지도 꽉 조이지도 않게
우리 사이를 아주 가깝게 해요

아주 가까워졌으니
예쁘게만 보이진 않을 거예요
솜털이 삐죽삐죽하고
듬성드뭇한 가시가 있다는 걸 알겠죠
그래도 고마워하기로 해요

평생에 한 번 맺은 언약은

천년 묵은 사랑이래요

얼마나 행복한가요

첫눈

숙련된 솜씨로 사뿐하게

수많은 눈이 빠르지 않게 쏟아진다

안착이다

장엄하고 매서운 겨울의 서곡,

하얀 깃털이 순서가 엉켜 머리에 앉다가

나뭇 가지가 흔들리진 않았지만

바람이 뭉치의 눈을 털어낸다

좀 잘되었으면 하는 안쓰러운 얼굴들

그가,

그녀가,

날 찾아왔으면

잘됐소

이젠 잘살게 되었소 라고서

내 마음의 첫눈,

우산을 받쳐 들면 안 될 것 같다

통화 중

전화를 걸었다
또렷하게
어제의 내가 받는다

누구세요

잊어버린 이름
대답할 수 없어
뒤에서 기다리는 내일의 나에게
제 이름이 뭐였죠

뒷걸음치는 나를 보았다

폭설이 내리던 날, 출근길

문이 열렸지만 닫히지 않는다
내리려는 사람은 없고
타려는 사람들은 긴장하며 줄을 섰다
가까스로 문이 닫히고 다음 정거장
좀처럼 전철은 떠나지 못한다
그렇게 반복되는 동안
점점 밀착되는 사람들 사이에서
말 못 할 고요함이 소용돌이쳤지만
오래가진 않았다
고함치듯 터지는 불만 섞인 소리가
기선을 제압하려고
깡통을 내동댕이치는 모양새다
전철이 지나간 정거장 수가 늘어난 만큼
타지 못한 사람들의 수가 10배쯤 많아졌지만
대책을 세울 만한 여유는 없어 보인다

그 안에서 전쟁 중에 피난 가는 기차를 상상한다
그러곤 그만큼은 아닐 거라고
눈을 감아버렸다

혈액검사

날카로운 주삿바늘을 통해서
여러 개의 시험관으로 나뉘어 이송됐다
고맙게도 생명을 지탱해준 녀석들이
선명히 입을 벌리고 있다
어떻게 살았는지,
무슨 일이 있었는지,
어떻냐고 왜 묻진 않았는지,
자신을 알기나 했었는지,
그땐 꼭 그래야만 했는지,
한꺼번에 내뿜는다
요란한 소동이다

조금만 기다려달라고 다독이며
파닥파닥 벌린 입을 모아놓고
차례로 이름표를 주었다
너는 나,
너도 나,

너 역시 나,

살아온 나,

그러면서 아무렇지도 않게

세세한 대화가 서툴러서

의사의 통역이 필요하다고 한다

미안하다고 에둘러 말한다

후회

국민학교를 다니던 때였어
길을 걷다가 500원을 주웠지
지폐였는데 까치나무 아래서 뒹구는
플라타너스 잎새같이 눈에 띄었어
삐라를 주워 파출소에 갖다 주면
연필과 공책을 훈장처럼 나눠주던 시절
아저씨가 착하다고 연필과 공책을 주더군
밑지는 장사는 아닐 거라며 집으로 돌아오는데
길가에서 파는 떡볶이가 먹고 싶더니
파출소에 내려놓은 500원이 두고두고 아쉬워서
잠깐 동안 하늘을 올려다보았지
내가 주운 걸 아무도 본 사람이 없었는데 라고

그 때문이었을까
그날 이후 30여 년을 더 살아오는 동안
한 번도 주인 잃은 지폐를 줍지 못하고 있어
1000원 지폐를 다섯 장 주워

벙글벙글하는 아줌마를 보고

그날이 또 후회되는 아침이야

흰머리에겐 매질이 쉽지 않아

검은 머리카락 사이에

흰머릴 어렵잖게 찾았다

숨어 지내도 모자랄 판에

종아리를 걷고

회초리를 달게 받겠단다

고집 센 어린 녀석

종아리를 향해

빨간 자국을 선명히 입혀야 할 것이다

그냥 내버려두었다가는 버릇없이

온통 머리를 휘저을 게 뻔하다

한 대, 두 대, 세 대……

어쩌나,

매질이 쉽지 않다

회초리가 종아릴 정확히 향해야 하지만

엉뚱하게 빗나가기 일쑤고

부러지기도 하고 힘까지 빠진다
버릇없는 행동을 못 본 체 해줄 것을
이미 손에 든 회초리를
도중 내려놓는 일도 쉽지 않게 되었다

가을 사랑

담쟁이
낙엽만은 못해도 애쓴 모습
붉은색
단풍나무 같다 말해주자

쓰레기봉투를 뒤적이는 가을새
어스름 달밤에 마주쳐도
휘파람 불어주자

내일은
갈바람, 갈대의 춤
이 가을과 다를 테니

비 내린 뒤
겨울
들꽃이 흰 눈에 덮일 때까지
사랑한다 말해주자

5부

49재四十九齋

죽어서 염(殮)을 마치면
화장을 한다지
붉은 립스틱을 바르고
파운데이션으로 뽀얗게

마지막 인사를 나누면
어린 신부 된다지
머리에 꽃 장식 하고
새 옷 정갈하게 입고

그런데
결혼해서 뭐해 하던 딸
엄마 병 수발 20년쯤 하더니
그런 거 다 필요 없다 했다지
꼭, 평소 엄마의 말투처럼

하늘, 참 좋다

출렁거렸던 통증
지나온 상념들,
남겨진 당신의 몫,
휠체어에 태웠다
하늘나라 가실 줄 아셨는지
환송받을 줄 아셨는지
하늘 보고 참 좋다

이승의 것 다 태워버린
아버지의 가을 아침
하늘, 참 좋다

그대에게 처음으로

그대 찾으면
아무 말 없었으면 좋겠습니다
순댓국 함께 먹는 이유를
말하지 않아도 되었던 날처럼요

그댈 보는 나,
내가 보는 당신 같았으면 좋겠습니다
보이는 것,
보여주는 것 똑같다면
잘못했다는 말
필요할까요

바쁜 날
개구리 뛰어오르듯
그대 생각,
놀라지 않았으면 좋겠습니다
우리 사는 곳 가깝지 않으니
꿈속에서나 만날 테니까요

꽃창포 실린 황토를
평삽에 얹었습니다

할머니의 묘를 이장(移葬)하는 날
꽃창포가 피었습니다
이승에서 모습을 감춘 삼십 년
할머닌 더 이상 음성으로는 마음을 전달하지 못해
청보라 꽃잎
햇발 아래 보였는지 모릅니다

묘비 앞에 꽃창포가 피었습니다
동서남북으로 할머니의 집을 두드리고
옛 추억이 잠시 멈춘 사이에
쪽문이 바람에 삐거덕거리듯
새끼 뻐꾸기 어설프게 내는 소리
반가움
그뿐만은 아닐 거라 들립니다

할머니의 옛 사진 속에

함께 있던 꽃창포

평상에 얹었습니다

당신이 있어 좋습니다

비가
겨울과 봄 사이로
촘촘히 자란 나무들 사이로
조록조록 떨어지는 아침

꽃잎이 다 피기도 전에
하늘을 오르다 땅 아래로 떨어져야 하고
얼었던 강물이
푹, 하고 참았던 긴 숨을
한순간 참아내야 하지만

편히 앉아야 할 자리를
너무도 쉽게 내주어도 반가운 것은
모두가 깨어 있지 않은 아침
빗속에
당신도 함께 있기 때문입니다

묘비명

옹알옹알
옹알이
아이를 보면 웃음 난다

천국에선 나도 아기다

묘비명 2

마른 가지에 핀 꽃망울을 보았다고
놀랄 일 아니다
서산에 걸린 탐스러운 태양
놀라게 볼 일 아니다
따스한 바람
그에 비한다면 정녕 아무것도 아니다

사랑이여!

동그라미를 꺼낸다

주머니에서 동그라미를 꺼낸다
그 속엔 순홍 알맹이가
예쁘게 포장되어 있었다
너를 보내며
공평하지 않은 슬픔을 보이진 않았다
다만, 행복하라고
나도 행복할 거라고
담담하게 말하는 사이에 포장이 뜯겼다
이별은 일정한 나눔을 할 수 없음에도
사랑했다고
그래서 사랑한다며
동그라미에 하나씩, 하나씩
순홍 알맹이를 함께 넣던 날을 기억한다

피하지 못한 너와의 헤어짐
주머니에서 동그라미를 꺼낸다

잠시 흔들렸을 뿐이야

바람 불었어요
잎새 조금 흔들거렸죠
그대로 멈춰질 것을
눈가에 잔주름 만들었습니다

바람 세차게 불었어요
균형 잃어 고함치고 말았죠
너 때문이라고
일부러 그런 건 아닐 텐데
이유는 묻지 않았습니다

또다시 바람 불면
춥다거나
시원하다 말할 수 있겠어요
뿌리째 뽑힐 정도만 아니라면
잠시 흔들렸을 뿐이야
말하겠어요

바람 맞은 뒤에야 감사하였고

내가 얼마나 작은지 알았으니까요

비 내리는 이른 봄날엔

비가 옵니다
우리의 만남이
영문도 모른 채 이뤄졌던 것처럼
뜻 모르게 내립니다
당신과 나 사이
숱한 이야기가
앞산을 넘어 뒷산을 오르던 그림자
붉은 여운이 됩니다

비가 옵니다
갈라진 들과 메마른 골짜기에서
소담소담 얘길 나누는
낯익은 손님처럼
나누어야 할 말들이 눈빛으로 남아
서러운 반가움으로 빗방울 칩니다

당신과의 헤어짐을 각오해야 할

비 내리는 이른 봄날엔

그냥 그렇게 바라만 봐야 합니다

아름답지 못한 이별

함께 땅 끝까지
새벽길을 달리던 때

숲 속 암자 앞에서
쿡, 상처를 내고 말았던 그때

넌 말이 없었고, 난 왜 몰랐을까
고단함과 아픔을

이별은 어떻게든 아름다울 수 없으며
낙조 피는 해안가를 돌며 함께 웃자던 약속은
혼잣말에 불과했음을 왜 몰랐을까

이름이 잊히기 전에 인사를 건넨 뒤
네가 있던 자리에 그림자가 들지 못할 것을
왜 이제야 알았을까

아버지의 나이

밤사이 보름달 뒤로 별똥별이 떨어져
슬픔이 여섯 개째
모자란 방의 숫자만큼
방을 한 칸 더 나누어 쓰기로 했다
드러누운 등을 보여줄 만한 곳은 못 되는

감당할 만한 고통을 참다가
벼이삭이 억새처럼 보여
나를 부르는 이름이 아버지의 나이가 된 오늘
슬픔이
담장을 슬금슬금 기어오르는 담쟁이가 된다

임종

눈물을 보이지 말았어야 옳았다
여름 태양 밑에서 빨랫줄에 내걸린 얇고 흰
블라우스보다
훤히 드러난 아버지의 등골
샘이 바짝 말랐다

내려놓으세요
엄마, 동생, 당신의 손주 걱정까지
제가 대신할 테니
이젠 내려놓으셔도 됩니다
동파에 터진 수도관의 물처럼 말하였으나
어느 누구에게도 어울리지 않을 옷을
당치도 않게 입을 그였기에
눈물만은 보이지 않았어야 옳았다

감은 듯 눈뜬,

잠든 듯 누운

보이는 게 핏줄이 맞는다면

피가 하얀 버릇없는 노래를

얼굴과 가장 가까운 곳에서 불렀다

이젠 내려놓으세요

저속 재생되는 손사래

제자리에 있다는 건

세면대 바로 옆에

화장실 청소할 때 쓰는 대걸레가 놓였다

사연이 있을 거야

억지를 부리듯

대걸레를 어디에도 내려놓지 못하고

비껴서 세면대 앞에 섰다

물을 얼굴에 끼얹다가

자꾸 신경 쓰이는 대걸레를 힐긋 본다

빗질을 하지 않은 채 축축이 젖은 머리가 길다

네가 있을 곳이 여기냐

저는 여기에 있으면 안 되나요

오히려 되묻는 말에 피식 웃어버렸다

제자리에 있다는 건

의지대로 있는 게 아닐 수도 있겠구나

대걸레는 결국 세면대 위에서

누군가에 의해 치워질 것이지만

난 녀석에게 얼마간의 방치를 허용하고 말았다

죽은 자와 산 자의 이름은 같다

설날, 성묘(省墓) 가는 길
눈이 지워지지 못했다
오히려 차곡차곡 쌓인 눈엔
이름 모를 짐승의 영역
사람의 발자국은 아니다
봉분(封墳)을 둘러싸고 둥그렇게 눈이 치워진 뒤
가족들의 이름이 한 명씩 불린다
또박또박
모두 호명된 뒤에야
함께 오지 못한 이름이 밝혀지고
죽은 자와 산 자를 위한 기도가 울려 퍼진다
행복하십시오
묘하게도 기도문 앞에선
죽은 자와 산 자의 이름이 같다
행복하십시오

지금은 어디에 계시나요

당신과의 이별은 생각지도 못하게
개나리꽃이 다 피지도 못한 사이
봄바람이 여린 목덜미를 휘감고 사라졌습니다

때로는 노을처럼
때로는 우뚝 솟은 산봉우리처럼
눈높이보다 언제나 높이 있던 당신이
서로의 눈물이 다 마르기도 전에
수없이 많은 이야기가 수북이 쌓여
빗물보다 더 굵은 햇살을 토해냅니다

지금은 어디에 계시나요
이젠 볼 수 없어
당신이 처음 집 앞을 서성이던 그날부터
불 밝힌 방마다 문을 열어둡니다

| 서평 |

김창덕

일문학박사, 숭신여고 교사, 국민문화연구소,
한국아나키즘학회에서 활동 중

오랜 침묵 끝에 조심스럽게 세상에 모습을 드러낸 시인은 생래적으로 정형화된 틀과 권위를 부담스러워하고 소박한 인간 세상을 꿈꾸는 자유로운 영혼의 소유자임을 이번 시집에서 잘 보여주고 있다. 시집에서 일관된 느낌이란 세련된 기법을 구사하는 대신 시인 특유의 직관적이고 투박한 감동과 울림 그리고 자기 고백에 충실하고 있는 것이다. 나아가 시 전체의 기조를 이루는 산문체의 불규칙한 리듬과 충실한 자기감정이야말로 이 시들이 형식적인 시적 규범이나 인위적인 의도, 미학과 같은 틀에 구애받지 않는다는 것을 의미한다.

또 서정시의 특징이 현재 시제와 자신의 시점을 통한 주관적이며 내면적인 특성 등 시인 자신의 경

험이나 정서를 현재라는 양상 속에서 표현하고 대상을 내면화하는 것이라면, 김용진 시인의 시는 이런 시들에서 볼 수 있는 개념화되고 고정화된 전통적인 서정시의 틀에서 벗어난 시라고 할 수 있다.

이와 함께 시인의 시에서는 의도적인 상징이 상당히 절제되었음을 알 수 있다. '상징'이란 시를 아름답고 시답게 만드는 중요 요소임에는 틀림없지만, 시인에게 상징은 오히려 시를 읽는 독자에게 보이지 않는 권위로 다가서 그로 인해 자유로운 영혼의 교감마저 빼앗을지도 모른다는 불안감으로 작용했다.

이처럼 시인을 둘러싼 인위적이며 권위적인 관념과 체계는 자유로운 인간에 대한 억압으로 작용하며 새로운 변화를 부정하는 것을 의미한다. 이에 시인은 자본주의라는 합리성을 무기로 삼아 인간을 도구화하고 공동체적 유대의 파괴를 조장하는 현대문명의 불편함을 드러내고 있다.

여기서 시인은 형식적이며 권위적인 규범과 질서가 존재하지 않는 우리 주변의 소박한 일상을 희원하고 그들과 함께 어울려 지내는 자연 공동체에 대한 염원과 동경을 그리고 있다.

소박한 일상에 대한 희구

시인의 시에서 인간은 이기적 존재가 아니라 성선설에 바탕을 둔 애타적인 존재로 그려지고 있다. 즉 인간은 태생적으로 애타적 존재로서 외부의 간섭이나 규제가 없어도 스스로 진리를 터득하며, 현재 상태를 부단히 개선해 정의와 사랑이 넘치는 이상적인 질서에 도달할 수 있다고 본다.

이는 현대와 같이 자본주의가 극대화되면서 자본에 의한 인간의 지배가 구체화된 현 체제에 대한 비판 의식과 함께 이것의 대안 의식으로 소박한 일상생활의 염원으로 나타나고 있다. 또 인간 사회에 대한 강한 희구, 특히 시인을 둘러싼 가족의 소박한 일상을 시에서 보여주고 있다. 이런 것들이야말로 자서(自序)에서도 볼 수 있듯이 우리 주변의 이야기이며 '누구에게나 있는 이야기'로 이는 사랑하는 '아내에 대한 애정 고백'으로 구체화되었다고 할 수 있다.

시인과 아내는 '영문도 모른 채 이뤄졌지만' 지금은 '함께 있는 이유만으로도' 행복한 사이로 이들에게는 오직 '사랑'이 있을 뿐이다.

이런 가족에 대한 시인의 이야기는 듬직하게 성장한 아들들의 모습과 함께 나아가 세상을 먼저 떠난 가족에 대한 그리움과 그들의 죽음을 통해 자연을 새롭게 인식하게 된 계기가 되었다고 할 수 있다.

'출렁거렸던 통증'과 함께 지나온 상념 속에서 세상을 떠난 부친에 대한 회한은 '이승에서 모습을 감춘 삼십 년'이 된 할머니에 대한 추억과 일치된다. 시인에게 죽음은 삶의 저 뒤편에 멀찌감치 걸터앉아 시인을 유혹하는 호기심으로 또는 인식의 단절에서 오는 두려움의 대상이 아니다. 오히려 인간이 태어나기 이전의 본연의 자연으로 돌아가는 것을 의미한다. 그리하여 할머니의 죽음은 '청보라 꽃창포'로 환생하는 것이며, '옹알옹알'거리는 '천국의 아이'로 거듭나고 있는 것이다.

공동체 대한 이상

태초의 인간은 늘 자연과 함께했기에 자연에 대해 큰 의미를 갖지 못했다. 하지만 인간이 자연을 상실함으로써 인간은 타자화, 도구화되는 피폐한 현실에 맞닥뜨리게 되었다. 이에 시인은 원시의 자연 상태에 강한 희원을 나타내며 이는 시인을 둘러싸고 있는 소박하고 이상적인 공동체에 대한 갈망으로 나타나고 있다.

특히 공동체적 유대의 단절을 조장하는 현대의 물질문명에 대한 시인의 안타까운 눈길을 확인할 수 있다. '북에서 남으로', '국경'을 마주하며 인간의 가치가 그가 갖고 있는 소유분에 따라 등급이 매겨지고 그로 인한 차별과 경멸에 대한 공포가 상존하는 곳. 그리고 '사람과 사람과의 거리는 언제나 47센티'는 인간을 도구화하는 현실 세계에 대한 시인의 안타까운 마음을 드러낸 것이다.

이에 시인은 자본주의의 경제 원리가 적용되지 않는 삶, 즉 유년, 가족, 마을 공동체 등과 같이 풍요롭지는 않지만 소박하고 애정이 넘치는 삶에 대해 이야기하고 있으며, 이것이야말로 인간 자신에 대한 사랑의 호소라 할 수 있다. 이 시집 전체에 흐르는 진정한 이상적인 공동체란 가난하지만 '뜨거운 삶은 계란으로' 정을 나눌 수 있는 우리의 공동체를 말한다.

시인의 고독

인간이 원래의 자연스러운 질서와 조화를 잃어버리고 권력과 지배로 인간의 정신이 노예화된 현실 속에서 시인은 당연히 강한 저항을 드러낸다. 하지만 천성이 여린 시인은 현실 체제에 대한 저항 의지 대신 이를 가슴 깊이 내면화해 깊은 고독 속으로 숨어든다.

저항이나 고독은 모든 가치가 소유로 규정되고 효율이라는 이름 아래 획일성을 강요하는 현실 세계 속에서 순수한 인간 본연의 모습을 추구하려 한다는 점에서는 차이점이 없다고 할 수 있다. 이런 의미에서 시인에게 고독은 음울한 현실 속에서 끊임없이 자아를 찾으려 몸부림치는 시인의 또 다른 고통의 흔적이라 할 수 있다.

따라서 시인이 '외로워 울지 말자', '외롭다 들썩이지 말자'고 스스로 다짐하는 것은 어두운 현실 속에서 자신을 매몰시키는 것이 아니라 태초의 자아로 회귀하고자 하는 시인의 적극적인 의지의 표현이라 할 수 있다. 자본과 권력의 정신적 노예화 상태를 겪고 있는 현실 속에서 시인은 강력한 저항의 의미로 고독으로 침잠하게 된 것이며, 이런 시인의 고독이야말로 순수한 인간 사회를 향한 강한 의지의 표현이라 할 수 있다.

이처럼 시인은 일체의 틀과 규제가 사라진 평범하고 소박한 일상에 대한 강렬한 열망을 시에서 나타내고 있다. 이와 함께 소박한 이웃들이 만들어내는 순수한 자연 공동체를 그리고 있다.